小熊，別害怕！

文／緹吉安娜‧班德爾布洛瓦內羅　圖／約翰‧班德爾布洛瓦內羅　翻譯／黃筱茵

維京國際

小熊快要睡著的時候，
聽到尖銳的怪聲。

小熊有一點害怕。

「咦？」他自言自語的說：
「那是什麼聲音？」

小熊從洞口向四周張望。

「小熊！」貓頭鷹說，
「你在那裡做什麼？」

「我聽見恐怖的聲
音，從樹那邊傳過
來。」小熊回答。

「那是我發出的聲音！」
貓頭鷹說。

「怎麼辦？我睡不著。」
小熊邊打呵欠邊說。

「你要不要試試我的床？」
貓頭鷹提議。

小熊很快的爬進鷹巢裡。

他想換個舒服
一點的姿勢。

小熊扭一扭身體。

又轉一轉脖子。

就_{ㄐㄧㄡˋ}在_{ㄗㄞˋ}這_{ㄓㄜˋ}個_{ㄍㄜˋ}時_{ㄕˊ}候_{ㄏㄡˋ}……

啪噠！

小_{ㄒㄧㄠˇ}熊_{ㄒㄩㄥˊ}開_{ㄎㄞ}始_{ㄕˇ}往_{ㄨㄤˇ}下_{ㄒㄧㄚˋ}掉_{ㄉㄧㄠˋ}。

「啊ㄚ——」
小ㄒㄧㄠˇ熊ㄒㄩㄥˊ大ㄉㄚˋ叫ㄐㄧㄠˋ。

小熊很幸運，　剛好跌落在一堆厚厚的樹葉上。
「　我好想回家，　躺在自己的床上。　」他嘆氣的說。

葉子堆突然發出沙沙的聲音， 小熊害怕的站在原地， 不敢亂動。

「小熊，你在這裡做什麼呀？」浣熊問。

小熊說：「原來是你！我睡不著……
我好想回家，躺在自己的床上。」

「我要去收集更多的樹葉，讓我的床可以更溫暖更舒服。」浣熊說，「對了，你可以先來睡我的床！」

小熊彎下身，想要鑽進樹洞裡。但是，他全身上下只有鼻子塞得進去。

「我想回家。」小熊哭著說。

小熊正要離開的時候，看見路上
有個黑影，慢慢的向他靠近。
「那是什麼？」小熊忍不住大叫。

「小熊，別害怕，是我呀。」麋鹿溫柔的說：「你怎麼這麼晚還在外面呢？」

「我睡不著……我想回家。」小熊說。

「跳上來吧！我送你回家。」麋鹿說。

「我們一起想一些快樂的事情，來幫你睡覺，我都是這樣做的。」

果然，沒多久，小熊就呼呼大睡了。

「晚安，小熊！祝你有個好夢！」麋鹿輕聲的說。

給家長與老師的話

- 和小朋友一起看封面。請小朋友說出封面上畫的是什麼動物，並請他猜猜這隻動物在哪裡。

- 問小朋友晚上有沒有看見月亮或星星呢？睡覺前會做些什麼事呢？會洗澡、刷牙，然後再給媽媽、爸爸一個很大的晚安親親？還是會帶著自己心愛的玩偶上床睡覺？

- 請小朋友說出書裡每一隻動物的名稱。問問他最喜歡哪一隻動物？為什麼？

- 跟小朋友討論葉子的大小、顏色和形狀。請小朋友去收集不同大小的樹葉，然後把這些樹葉黏在一張白紙上。

- 跟小朋友討論小熊害怕的東西有哪些？小熊為什麼會害怕這些東西？再跟他討論雖然麋鹿的體型很大，為什麼小熊不怕麋鹿呢？

- 問小朋友會不會像小熊一樣睡不著？跟他討論怎樣才會讓人睡得好，還有，為什麼睡得好很重要。

- 請小朋友畫一幅自己睡覺的圖畫，別忘了把所有會幫助自己睡得好的東西都畫下來喔！

Be Brave, Little Bear!
Editor：Jane Walker   Designer：Fiona Hajée
Copyright © QED Publishing 2011
Published by Viking International Co., Ltd., a member of
Taiwan Mac Group.
Complex Chinese translation copyright © 2013 by Taiwan
Mac Educational Co., Ltd.
First published in the UK in 2011 by QED Publishing
A Quarto Group Company

文／緹吉安娜·班德爾布洛瓦內羅
圖／約翰·班德爾布洛瓦內羅
翻譯／黃筱茵
發行人／黃長發
總編輯／余治瑩
主編／宗玉印
文字編輯／林郁倩
美術編輯／鄧靜宛
出版發行／維京國際股份有限公司
地址／臺北市內湖區瑞光路258巷50號5樓
電話／02-87971168 傳真／02-87971169
網址／www.tmac.com.tw
電子信箱／cservice@tmac.com.tw
局版臺業字第6023號
ISBN 978-986-6310-84-3
2013年02月初版   版權所有·翻印必究